Dieses Buch ist allen Mahnern und einsamen Rufern gewidmet, denen das Wohlergehen unserer Gesellschaft am Herzen liegt. Jeder kritische Geist ist einsam und gehört zu einer Minderheit. Die Minderheit von heute kann jedoch die Mehrheit von morgen sein.

Dieses Buch ist auch meiner Frau Marlene gewidmet für ihre kritischen und klugen Ratschläge, die mich in meinem Leben begleitet und stets eine gute Ratgeberin ist.

Bonn, im März 2019

Michael Ghanem

„Die Gedanken sind frei"

21 Tage
in einer Klinik
voller Narren

… eine Erzählung …

© 2019 Michael Ghanem

Verlag und Druck: tredition GmbH,

Halenreie 40-44, 22359 Hamburg

ISBN

978-3-7497-0959-5   (Paperback)
978-3-7497-0960-1   (Hardcover)
978-3-7497-0961-8   (e-Book)

Michael Ghanem

https://michael-ghanem.de/

Über den Autor:
Jahrgang 1949, Studium zum Wirtschaftsingenieur, Studium der Volkswirtschaft, Soziologie, Politikwissenschaft, Philosophie und Ethik, arbeitete viele Jahre bei einer internationalen Organisation, davon fünf Jahre weltweit in Wasserprojekten, sowie einer europäischen Organisation und in mehreren internationalen Beratungsunternehmen.

Er ist Autor von mehreren Werken, u.a.
„Ich denke oft…. an die Rue du Docteur Gustave Rioblanc – Versunkene Insel der Toleranz"
„Ansätze zu einer Antifragilitäts-Ökonomie"
„2005-2018 Deutschlands verlorene 13 Jahre Teil 1: Angela Merkel – Eine Zwischenbilanz"
„2005-2018 Deutschlands verlorene 13 Jahre Teil 2: Politisches System – Quo vadis?"
„2005-2018 Deutschlands verlorene 13 Jahre Teil 3: Gesellschaft - Bilanz und Ausblick
„2005-2018 Deutschlands verlorene 13 Jahre Teil 4: Deutsche Wirtschaft- Quo vadis?"
„2005-2018 Deutschlands verlorene 13 Jahre Teil 5: Innere Sicherheit- Quo vadis?"
„2005-2018 Deutschlands verlorene 13 Jahre Teil 6: Justiz- Quo vadis?"
„2005-2018 Deutschlands verlorene 13 Jahre Teil 7: Gesundheitswesen - Quo vadis?"
„2005-2018 Deutschlands verlorene 13 Jahre Teil 8: Armut, Alter, Pflege – Quo vadis?"
„Eine Chance für die Demokratie"
„Deutsche Identität – Quo vadis?
„Sprüche und Weisheiten"
„Nichtwähler sind auch Wähler"
„AKK – Nein Danke!"
„Deutschlands Titanic – Die Berliner Republik"

Bonn, im März 2019

Inhaltsverzeichnis

1.Vorwort

Als sich der Autor entschloss, diese kleine Erzählung zu schreiben, war er weit davon entfernt über die realen Zustände in psychosomatischen Kliniken in Kenntnis zu sein. Freunde hatten ihm über die Zustände und ihre Erlebnisse berichtet, was ihn persönlich aufgewühlt hat. Daher beschloss er, diese Berichte in eine kleine Erzählung zu übernehmen, die nichts mit der Realität zu tun hat, aber die durchaus auf Erkenntnissen über die realen Zustände basieren.

Ziel ist es, einen Beitrag zu leisten, um das Bewusstsein in der Gesellschaft dafür herzustellen, dass es viele Menschen gibt, die den stetig höheren Anforderungen in der Arbeitswelt nicht mehr gewachsen sind.

Wenn in dieser Erzählung von Narren gesprochen wird, wird damit keine Abwertung der psychisch kranken Menschen gemeint, die sich in einer psychosomatischen Klinik befinden. Der Autor will damit zum Ausdruck bringen, dass wir alle in der heutigen Gesellschaft zu Narren gemacht werden, die mit ihren Sorgen und Problemen an keiner Stelle ernst genommen werden, trotz der zahlreichen Sonntagsreden und entgegen der Versprechen der Gesundheitsindustrie.

Die Hauptschuld an diesen ständig wachsenden Anforderungen liegt vor allem bei der politischen Elite, bei der Wirtschaftsordnung, die sich nur noch auf Rendite ausrichtet und wo der Mensch an sich lediglich ein Mittel zum Zweck geworden ist.

Dass dies falsch ist, mussten selbst manche neoliberalen Wirtschaftspolitiker anerkennen, denn ohne Menschen kann *das beste Kapital keine Renditen erwirtschaften. Vor allem in der neuen Informationsgesellschaft ist ohne den Menschen nichts aber auch nichts zu erreichen.*

Umso wichtiger ist es zu beachten, dass der Mensch - sei es körperlich, sei es geistig, sei es seelisch - enge Grenzen hat, die nicht ständig und auf Dauer überschritten werden dürfen. Eine kranke Seele ist sehr schwer zu reparieren, vor allem wenn sie schon sehr viele Narben hat.

Der Autor versichert, dass diese kleine Erzählung zwar auf den Berichten seiner Freunde beruht, aber die konkreten Beschreibungen in seiner Fantasie entstanden sind. Mögliche Ähnlichkeiten mit Personen und Örtlichkeiten sind rein zufällig.

2. Der Anlass

Marius war ein Mann in den Fünfzigern, der mit voller Kraft im Beruf stand und der eine harmonische Ehe führte. Angesichts der ständig wachsenden Anforderungen beruflicher Art fühlte er sich sehr oft müde und leer. Er hatte jedoch immer gegen Vorurteile und um seine Daseinsberechtigung zu kämpfen und dies machte nicht einmal halt vor der Familie der Ehefrau.

Angesicht seines Gesundheitszustands suchte er einen Internisten auf, der ihm eine Überarbeitung bescheinigte und ihm riet, eine Klinik aufzusuchen, die die sogenannten psychosomatischen Krankheiten behandeln würde. Er hätte aber keine Depression oder sonstige geistige oder psychologische Krankheiten. Er bräuchte lediglich einen ruhigen Platz, um zur Ruhe zu kommen.

Auf Anraten seines Arztes suchte Marius eine Klinik im süddeutschen Raum aus, die sich auf die Behandlung von Überbearbeitung spezialisiert hatte.

Es wurde empfohlen, dass man Marius dort über einen Zeitraum von 21 Tagen beobachten und ihm letztendlich eine Therapie empfehlen würde, die ihm auf Dauer helfen würde. Dies fand Marius gut und vereinbarte einen Aufenthalt in der Klinik.

3. Die Ankunft

Mit der Klinik in einem Ort in Süddeutschland wurde vereinbart, dass Marius in der Wochenmitte den Aufenthalt beginnen sollte. Die Klinik befand sich in einem Park außerhalb der Stadt und die Gebäude machten von außen einen gepflegten Eindruck. Die Fahrt zu der Klinik war für Marius jedoch anstrengend und ermüdend, da die Autobahn zum Süden voller Baustellen war.

4. Die Gegebenheiten

Als Marius in der Klinik ankam, gab es „Sonne pur" und eine leichte Brise half die Hitze zu ertragen.

Der große Eingang mündete direkt am Empfang und dort begrüßte ihn eine sehr nette Frau, die ihm dann die Klinik und sein Zimmer im zweiten Stock zeigte. Das Zimmer war ungefähr 30 m² groß, mit relativ modernen Möbeln ausgestattet, ein großes Bett stand in der Mitte des Zimmers, daneben eine Kommode mit einem Telefon, gegenüber dem Bett ein großer Fernseher, davor ein Schreibtisch. Seitlich zum Bett ein sehr großer Schrank mit verschiedenen Fächern und sogar ein Schließfach für die wertvollen Sachen. Zum Zimmer gehörte ein Badezimmer, das relativ neu und modern und mit dem nötigen ausgestattet war. Das Zimmer hatte ein großes Fenster mit einem Balkon zum Park hin.

Die Empfangsdame ging mit Marius noch mal nach unten und zeigte ihm sein Postfach, in das er zukünftig mehrmals am Tag sehen sollte, da dort Informationen von den Pflegern oder den Ärzten zu finden sein würden.

Links vom Empfang waren mehrere große Aufenthaltsräume und eine sehr große Kantine mit mehreren Tischen und die Cafeteria. Die Empfangsdame erklärte Marius, dass in der Küche täglich für die Patienten gekocht würde, um die notwendige gute Verpflegung zu gewährleisten. Sie zeigte ihm auch den Weg in den Park um dort spazieren gehen zu können, da „die Klinik kein Gefängnis sei". Dann erklärte sie ihm die Hausordnung.

5. Die Hausordnung

Alkohol wird nicht geduldet. Wenn man nach 19:00 Uhr das Haus verlassen sollte, könnte man mit einer eigenen Codenummer wieder hereinkommen.

Sie erklärte außerdem, dass ihm wöchentlich ein Aktivitätenplan gegeben würde, der sowohl die physische Rehabilitation mit einem Sportprogramm als auch die psychische Erholung beinhaltet, indem man Diskussionen in Gruppen führen würde und sich auch künstlerisch betätigen sollte.

Neben diesen Aktivitäten musste Marius zweimal pro Woche sogenannte Einzelgesprächstherapien mit einem ihm zugeordneten Therapeuten wahrnehmen.

Neben diesem gesamten Umfang musste Marius sich mindestens dreimal während seines Aufenthaltes beim Chefarzt einer Untersuchung unterziehen.

Frühstück, Mittag- und Abendessen fanden zu vorgegebenen Zeiten statt, die genau beachtet werden mussten, denn außerhalb dieser Zeiträume war niemand in der Kantine. Man konnte sich jedoch jederzeit Getränke von Kantinenmitarbeitern geben lassen.

6. Die Götter in Weiss

Marius hatte nie geglaubt, dass die sogenannten Götter in Weiß Allüren annehmen, die ihnen nicht zustehen. Insbesondere ein Nimbus von Unerreichbarkeit, der bei sehr vielen Patienten erheblichen Zweifel an der Menschlichkeit der Ärzte auslöste. Bei kritischen Patienten jedoch verstärkte sich der Eindruck, dass die Masken, die viele Ärzte tragen und die sie als Götter in Weiß erscheinen lassen, schlicht einfach zum Berufsbild dazu gehören. Marius ließ sich von den Allüren nicht beeindrucken und versuchte ganz genau zu analysieren, mit wem er es zu tun hätte.

- Der Chefarzt

Der Chefarzt der Klinik war ein schlanker, sehr freundlicher Herr um die 50, ohne Brille. Er hat einen sehr freundlichen Ton. Er war sehr höflich und auf den ersten Blick sehr sympathisch. Er bemühte sich den Patienten sehr genau zuzuhören und machte sich stets Notizen. Er war jedoch abgeschirmt, da die Patientin nicht zu jeder Zeit zu ihm gehen konnten, sondern nur zu bestimmten Zeiten in der Woche und zwar maximal 2 Stunden. Er reagierte schnell auf Kritik hinsichtlich der Betreuer oder der anderen Ärzte.

-Der Stellvertreter

Der Stellvertreter war auch ein Arzt und Psychotherapeut, der maximal 35 Jahre alt war und sehr von sich eingenommen, er war sehr freundlich aber mit einer Freundlichkeit, die eine gewisse Überheblichkeit und Arroganz ausstrahlte. Er war aber nicht für jeden zugänglich und verwies stets auf die Betreuer. Für viele Patienten war der Stellvertreter zu arrogant, um mit ihm offen über Probleme zu reden. Sehr viele Patienten beklagten zudem, dass er nicht richtig zuhören konnte oder wollte und dass er sehr schnell die Patienten in eine Schublade steckte und es war dann sehr schwer ihn davon zu überzeugen, dass seine erste Meinung über die Patienten möglicherweise falsch war. Marius hatte mit dem Stellvertreter nie etwas zu tun gehabt. Jedoch beklagten sich viele Patienten, die von ihm betreut wurden.

-Die psychologischen Betreuer

Als Betreuer gab es fünf Psychologen und drei Psychotherapeuten, davon waren sechs Männer und zwei Frauen. Der jüngste der Betreuer hatte gerade seine Prüfung in einer Universität in der Nähe absolviert und verhielt sich auch so. Marius hatte zuerst mit diesem Betreuer zu tun und kam mit ihm absolut nicht zurecht, denn von den sechs vorgesehenen Stunden wurden zwei durch diesen Betreuer verbraucht, um die familiären Zusammenhänge zu erkunden was Marius äußerst erzürnt hat.

Daraufhin ging Marius zum Chefarzt und bat ihn um einen anderen Betreuer. Marius wurde einer Frau zugeordnet, die Mitte 30 war und die ein paar Jahre Erfahrung hatte. Sie war freundlich, zuvorkommend und höflich, zog jedoch ihre Standard Vorgehensweise durch und hörte sehr oft nicht einmal genau zu, was Marius ihr mitgeteilt hatte. Sie war noch nicht mal in der Lage richtig zu verstehen, welchen Beruf Marius hatte und entsprechend fiel ihr Abschlussbericht aus. Sie versuchte stets zu prüfen, ob die Aussagen von Marius der Wahrheit entsprachen. Dies blieb Marius nicht verborgen. Er konnte sich daher auf die Frau sehr schnell und sehr leicht einstellen. Marius hatte das Gefühl, dass dieses Konzept von Betreuern, die häufig kein Medizinstudium hatten, letztendlich der Kostenorientierung der Klinik geschuldet war. Denn für die Patienten wären

Mediziner sehr oft geeignetere Partner für die Betreuung als einfache Betreuer ohne Medizinstudium.

-Die Internisten

Die Klinik hatte drei Internisten, die letztendlich die normalen physischen Krankheiten betreuten, sei es Rheuma, kardiovaskuläre Krankheiten, Probleme des Verdauungstrakts oder sonstige degenerative Krankheiten, die nicht psychisch bedingt waren. Von den dreien war eine bereits in Rente befindliche Internistin, sie war mit Sicherheit erstklassig nur sie war zu wenig in der Klinik um alle Probleme der Patienten zu bewältigen.

-Die Krankenschwestern

Es gab vier Krankenschwestern, davon drei ältere und eine jüngere, sie waren freundlich und patientenorientiert und bei den Patienten sehr geschätzt. Die jüngere Krankenschwester war etwas eingebildet und letztendlich etwas schroff gegenüber manchen der Patienten.

Marius erhielt am gleichen Tag seiner Ankunft noch einen Termin beim Chefarzt, der ihm eröffnete, dass sein überweisender Hausarzt mit ihm über die Problematik geredet und ein Überweisungsschreiben mitgegeben hatte.

Der Chefarzt war sehr freundlich und zuvorkommend und erklärte Marius, dass er jederzeit zu ihm kommen könnte, wenn Probleme entstehen würden. Er verwies ihn daraufhin an den Therapeuten, den er ihm zugeordnet hatte.

Nach 1 Stunde wurde Marius von dem jungen Therapeuten abgeholt, der maximal 26 Jahre alt war und sich durch einen pseudo Ziegenbart älter machte. Der Therapeut war freundlich, aber während der Gespräche merkte Marius, dass er gerade einen Berufsanfänger erwischt hatte, der stets an

Formalismen hing und keine Erfahrung hatte. Marius merkte direkt, dass er und dieser Therapeut nicht klarkommen könnten bzw. Marius merkte, dass dieser Therapeut eine Standard Untersuchung durchführte ohne zu hören was Marius sagte.

Zurück auf seinem Zimmer hat er sich sehr über diesen Therapeuten geärgert und beschloss, wieder einen Termin beim Chefarzt anzufragen.

Dies wurde ihm kurzfristig gewährt und so stellte Marius klar, dass er mit diesem Therapeuten nicht mehr arbeiten könnte, ohne jedoch diesen direkt zu kritisieren. Dann beschloss der Chefarzt, dass Marius einen anderen Therapeuten bekäme. Und so meldete sich am nächsten Tag eine andere Therapeutin anstelle von dem ersten.

7. Die Betreuer

Unter den Betreuern waren vier Mediziner, die eine zusätzliche Ausbildung gemacht haben. Es waren mindestens vier weitere Betreuer, die lediglich ein Studium der Psychologie, aber nicht der klinischen Psychologie absolviert hatten und die in ihren ersten Berufsjahren stehend versuchten, die Patienten als Versuchsobjekte anzusehen, bzw. noch viel schlimmer als regelrechte Nummer mit denen man Erkenntnisse gewinnen könnte, ohne jedoch auf das Wohl des Patienten zu achten.

Viele der Betreuer benutzten Standard Verfahren - sehr oft normierte Fragebögen - ohne sich die Mühe zu machen, den Patienten richtig zuzuhören, die Sorgen der Patienten richtig zu erkennen, die Probleme der Patienten richtig zu erfahren. Es ging ihnen vielmehr darum, ihre „Programme" ablaufen zu lassen, ohne eine regelrechte Erkenntnis über den Verlauf der Krankheit zu erhalten.

Für den Betreuer ging es vor allem darum, so schnell wie möglich die Patienten abzuarbeiten, und vor allem eine gute Bewertung zu erhalten, damit die Klinik damit werben konnte.

Marius erkannte dies sehr schnell, hielt sich jedoch ruhig, denn für ihn war dieser Aufenthalt sehr lehrreich.

Betrachtet man die zukünftige Zunahme von psychischen, psychosomatischen und berufsbedingten Krankheiten – seien es Psychosen, Burnout, Überarbeitung, Depressionen oder andere zukünftige Krankheiten bedingt durch Einsamkeit, so muss man um Deutschland Angst haben.

Denn trotz Qualitätsnormen, trotz Vorgaben und Kontrollfunktion der Krankenkasse weicht die Qualität in vielen dieser Kliniken sehr stark von dem Wunschdenken ab.

Manche dieser Betreuer waren nicht einmal in der Lage, die wichtigsten Merkmale der Berufe vieler Narren zu erfassen.

Dies wurde im Übrigen während der Mittagessen oder Abendessen unter den Narren ausgetauscht und so wurde eine Art von Hitliste über die Betreuer ausgestellt.

8. Die Verwaltung und sonstige Betreuer

Die Verwaltung wurde von zwei mehr oder weniger jungen Frauen durchgeführt. Die sogenannte Klinikdirektorin war arrogant und nicht zuvorkommend. Sie sagte nicht einmal Guten Morgen, wenn sie Patienten in den Gängen traf. Sie redete auch mit keinem einzigen der Patienten und war immer sehr schnell in ihrem Büro verschwunden.

Es gab noch sonstige Betreuer für den Bereich Sport, Aktivitäten, therapeutische Kunst, therapeutischen Tanz und Meditation und Yoga.

Als Sportbetreuer waren eine Frau und ein Mann angestellt. Die Frau war äußerst sportlich, fanatisch und arrogant und sie nahm keine Rücksicht auf ältere oder körperlich schwache Patienten. Sie war für Marius in ihren Verhalten unerträglich. Marius ließ es sie aber spüren, dass er sie nicht akzeptieren würde. Demgegenüber war der andere Betreuer sehr rücksichtsvoll und freundlich gegenüber den Älteren und Schwachen, mit dem kam Marius am besten aus.

Für den Bereich der Kunsttherapie waren mehrere Frauen zugeordnet. Marius hatte mit einer Dame zu tun, die sich letztendlich nur um die Frauen kümmerte und nicht um die Männer, was wiederum dazu führte, dass kaum ein Mann dahin gehen wollte. Marius kam mit der Dame, obwohl sie freundlich war, nicht zurecht, denn sie versuchte mit Freundlichkeit knallhart ihr Programm abzuwickeln ohne Rücksicht darauf, dass andere die Aufgaben nicht verstanden haben. Zudem stieß ihre Art, stets alle Malereien der Patienten öffentlich vor der Gruppe aus Sicht der Therapie zu deuten, bei vielen der Patienten auf Ablehnung.

Es kam auch ein Therapeut für den Bereich Musik und Tanz. Dieser Therapeut schien aus einer anderen Welt zu sein und achtete nicht darauf, dass vor allem die weiblichen Patientinnen mit erheblichen psychologischen Problemen zu kämpfen hatten. Dies hat an jedem Morgen nach dieser Therapie, die meistens am Abend stattfand, zu erregten Diskussion zwischen den Frauen beim Frühstück geführt.

9. Die Narren

Bereits am ersten Tag wurde während der Mittagspause Marius den anderen Patienten vorgestellt bzw. er musste sich jedem einzelnen vorstellen. Es gab ca. zwölf Frauen und ca. 30 Männer in verschiedenem Alter und aus verschiedenen Berufen, jedoch sehr oft aus dem öffentlichen Dienst und viele waren Beamte. Die Patienten kamen außerdem vornehmlich aus Süddeutschland, aber es gab auch Ausnahmen aus dem Norden. Die Patienten hatten verschiedene Arten von Leiden, von Alkoholismus über psychische Störungen über psychosomatische Krankheiten über Burnout oder Überarbeitung.

Als erstes fiel Marius auf, dass sie sich in Gruppen zusammengetan hatten, mit mehr oder weniger gleicher Herkunft und aus gleichen geographischen Regionen und Dialekten. Sie sprachen sehr oft über belanglose Sachen oder über Krankheiten.

Am Anfang wurde Interesse an Marius bekundet, um zu erfahren was das für ein Mensch ist, woher er kommt was er denkt, ob er ein richtiger Deutscher oder ein Fremder ist.

Diese Patienten erinnerten Marius an eine Gruppe von Narren. Es gab die gutmütigen Narren, es gab die bösartigen Narren, es gab die Besserwisser, es gab die zurückhaltenden. Marius beobachtete die Gruppen mehrere Tage genau um dann festzustellen, dass bestimmte Lehrer richtig bösartig waren, insbesondere ein großgewachsener mit einer spitzen Nase, der auch eine Leitungsfunktion in einer Schule hatte.

Es gab mehrere Frauen, die unter ständigen Schmerzen litten die aber aus Sicht von Marius charakterlich leere Hülsen waren.

Es gab aber auch Narren, die ihr beruflich geprägtes Verhalten auch in ihren privaten Bereich übernommen hatten, wie zum Beispiel aus dem Vertrieb. Es gab auch Narren, die sehr zurückhaltend waren und die kaum Deutsch sprechen konnten und sehr darunter litten, dass sie ihre Probleme nicht ausdrücken konnten. Es gab aber auch Patienten mit erheblichen Eheproblemen.

Nach paar Tagen fragte sich Marius, was er eigentlich dort zu suchen hatte denn es war nicht seine Welt. Er konnte kaum mit den Leuten reden, er hörte zu und war als nicht richtiger Deutscher gerade noch geduldet. Marius versuchte die Mittagessen sehr schnell zu absolvieren und dann entweder Spaziergänge durchzuführen oder sich in seinem Zimmer Gedanken zu machen, ob dieser Aufwand das richtige für seine Gesundheit sei.

Manche der Narren benahmen sich als ob sie Obermenschen wären. Nicht nur, dass sie sich schlampig kleideten und manchmal halbnackt herumliefen, sie verhielten sich nach dem Motto „ich bin hier um mich gehen lassen zu können". Am Tisch hatten sie Manieren, die keinen Respekt gegenüber anderen Narren zeigten. Sie nahmen z.B. über die Köpfe der anderen hinweg Wasser, ohne zu fragen ob sie das dürften, die setzten sich ohne zu fragen ob ein Platz frei wäre, sie nahmen sich Zucker und sonstiges ohne zu fragen, sie nahmen Getränkeflaschen ohne danach zu fragen.

Wenn sie das Speisezimmer betraten, es sei es am Morgen, am Mittag oder am Abend, haben sie n die anderen Narren nicht gegrüßt. Insbesondere der Lehrer zeichnete sich dadurch aus, dass er sich wie ein Ferkel benahm. Wenn andere neue Narren sich vorstellten hatte er nicht einmal die gestreckte Hand angenommen. Und als man ihm dies öffentlich in einer Gruppentherapie vorwarf, versuchte er sich herauszureden, dass er sehr gut erzogen wäre. Im Übrigen war er auch homosexuell, was Diskussionen in einem Teil der Gruppe hinsichtlich der Vorurteile über Homosexualität angefacht hat.

Manche der Närrinnen benahmen sich als" Möchte-gern-Damen" und sie meinten anderen Narren einen Verhaltenskodex beibringen zu müssen, dabei waren sie selbst verhaltensgestört.

Marius hat unter all den Narren verschiedene Typen erkannt. Er hat versucht zu erkennen um welchen Typ von Narren es sich bei der einzelnen Person handelte und mit welchen Leiden diese zu tun hatte und wie sie sich gegenüber anderen verhielt.

Zu den Frauen

- Ute

Sie war eine Frau von Mitte 30 bis Anfang 40, schmal gewachsen mit kurzen blonden oder blond gefärbten Haaren, mit einem schmalen Gesicht mit tiefen Augenrändern und schwarzen Augen. Sie gab den Eindruck einer Art von Feministin. Ihr Spitzname war die Widerspenstige und so verhielt sie sich auch. Ute litt vor allem an Schmerzen, die nicht ohne weiters zu therapieren waren. Sie nahm sich alle Freiheiten und war sehr oft schlampig gekleidet. Sie kam zum Mittag- und zum Abendessen nur sehr unregelmäßig. Marius hat jedoch nie erlebt, dass sie fröhlich war oder ein Lächeln im Gesicht hatte, sie zog immer die Mine nach unten. Marius hat nur 2-mal ganz kurz mit ihr gesprochen und verhielt sich zurückhaltend gegenüber dieser Frau.

-Berta

Sie war eine ganz große dicke Frau Anfang 35-40, ihr Umfang entsprach dem von mindestens zwei Frauen und sie hatte ganz dicke Hände. Sie trug stets kurzarmige Kleider in allen möglichen Farben, ihre Arme waren so dick wie die Beine mancher Frauen und sie war tätowiert, auch im Gesicht. Sie trug knallrote Haare und eine sogenannte akademische Brille. Sie war von sich sehr überzeugt, sie war laut und herrisch, auch gegenüber den anderen Patienten. Sie war eine äußerst unangenehme Person. Sie fauchte einmal Marius beim Mittagessen an, weil er vergessen hatte sein Telefon abzuschalten und er angerufen wurde.

Sie stellte sich als Perfektionistin vor. Die Männer fragten sich jedoch, in welchem Bereich sie Perfektionistin wäre. Manche der Männer meinten, sie gehöre zu den Frauen die Männer anekeln würde. Bei manchen Frauen war sie sehr beliebt, weil sie angeblich so selbstbewusst wäre. Nach Marius Meinung verkörpert Berta das negative Bild der deutschen Frauen. Nichts an Liebenswürdigkeit strahlte diese Frau und diese Person aus.

-Herta

Herta war eine junge Frau von knapp Anfang 30, eine typische Hausfrau, die laut eigener Aussage in irgendeiner Bäckerei arbeitete. Sie verhielt sich aber auch so, sie redete nur über sich und ihren Urlaub. Sie strahlte das Bild der energisch vorangehenden Frau aus. Aber das dynamische Bild war höchstwahrscheinlich eine Maske. Sie erzählte nur wie großartig sie wäre und wo in der Welt sie überall gewesen ist und wie sie ihren Mann zum Reisen insbesondere in die Alpen drängen würde. Vom Beruf war sie höchstwahrscheinlich Juristin oder Lehrerin oder

Verwaltungsangestellte. Sie hinterließ das Gefühl, dass man solche Frauen nur für sehr kurze Zeit neben sich ertragen kann.

- Ursula

Bei Ursula handelte es sich um eine junge Frau von Anfang 30, schmal und groß gewachsen mit kurzen Haaren. Sie verkörperte den Prototypen einer modernen Frau. Sie war aber keine moderne Frau, da sie sehr oberflächlich war. Sie beschwerte sich gleichzeitig darüber, dass die Welt oberflächlich wäre. Es schien, als ob sie erhebliche Eheprobleme hatte. Denn anscheinend würde ihr Mann ihr erheblich überlegen sein. Und genauso verhielt sie sich, wenn sie in einer Gruppe von Frauen war wo sie im Mittelpunkt stand. Marius hat mit der Frau nicht ein einziges Wort gewechselt - außer, dass er sich ihr vorgestellt hat.

- Daniella

Daniella war eine typische Lehrerin, Mitte der vierziger, schwarzhaarig, eigentlich sehr nett, sie verkörperte jedoch den Prototyp des Gutmenschen mit rassistischem Hintergrund. Sie war diejenige, die sich über der Macht des Zionismus beschwerte. Sie hatte körperliche Probleme im kardiovaskulären Bereich, die möglicherweise psychosomatische Hintergründe hatten. Sie war freundlich, aber in ihren Ansichten sehr festgefahren.

- Maria

Maria war eine ältere Dame von Anfang 70, sehr klein und zierlich. Sie hatte mit ihrem verstorbenen Mann die ganze Welt gesehen. Der Tod ihres Mannes war ihr sehr nah gegangen und sie musste sehr viele Aufgaben übernehmen, die sie teilweise überforderten. Sie vergaß vieles, war jedoch von scharfem Verstand. Sehr freundlich aber auch bestimmt und mit einem Schuss Selbstironie.

-Lena

Lena war höchstwahrscheinlich die einzige Dame unter den Frauen, in ihren Augen war eine gewisse Ironie zu lesen. Sie war sehr höflich, hörte lange zu und gab ganz kurze Kommentare ab. Sie konnte mit ihren Urteilen auch Spitzen verteilen, insbesondere gegen manche der Frauen. Sie litt darunter, dass ihr Mann sie im Alter verlassen hatte. Man spürte, dass sie ihn immer noch sehr liebte. An manchen Tagen hatte sie stets Tränen in den Augen, was manchen Männern sehr naheging.

Zu den Männern:

-Dirk

Dirk war mit ca. 2m ein sehr großer Mann, sehr schmal. Er hatte sehr schmale Hände, die sogar schmaler als die von Frauen waren. Er war Lehrer und gleichzeitig Rektor. Er sprach mit einer weiblichen Stimme und man konnte sich des Gefühls nicht erwehren, dass er homosexuell war. Er war sehr arrogant. Und nahm sich alle Freiheiten. Er kam zu jeder Zeit sehr schlampig daher, ohne Rücksicht und ohne Respekt gegenüber den anderen. So verhielt er sich auch an Tisch, wenn er das Wasser vor den Nasen der anderen Patienten an sich nahm, oder das Salz oder den Pfeffer, ohne zu fragen. Er setzte sich an bereits belegte Plätze. Und meinte, dass die gesamte Welt sich um ihn zu drehen hatte. Marius hatte direkt bei der Ankunft eine Auseinandersetzung mit ihm, denn er zeigte keinen Respekt gegenüber Neuankömmlingen. Selbst bei der Vorstellung hatte er ihm seine Hand nicht gegeben und meinte, dies stehe ihm zu.

Es fragt sich, ob eine solche Person überhaupt für den Schuldienst geeignet ist und ob seine Kritik daran, dass seine Kollegen ihm keinen Respekt zollen würden, doch nicht die Spiegelung seines eigenen Verhaltens war. Nach der Kritik von Marius an seinem Verhalten hatte er während der gesamten drei Wochen kein einziges Wort mehr mit Marius ausgetauscht.

-Pavel

Pavel war ein ganz liebenswürdiger Schlesier aus Polen, er sprach selbst kaum Deutsch und hatte Schwierigkeiten, seinen Zustand und seine Gefühle zu beschreiben. Er hatte äußerst starkes Heimweh, durfte aus irgendeinem Grund jedoch nicht mehr nach Hause. Er vermisste seine Freunde und Teile seiner Familie. Er war die Traurigkeit in Person, was bei vielen anderen und bei Marius Mitgefühl auslöste. Er war sehr leise und hat kaum etwas geredet. Pavel litt an einer sehr schweren Depression, die eigentlich woanders hätte behandelt werden müssen.

-Franz

Franz war ein Berufsschullehrer, der seinen Meister als Schreiner gemacht hat, der sich jedem andiente und vor allem das Schulsystem in Deutschland und in Süddeutschland kritisierte, da diese Schulsysteme die guten Lehrer nicht zu würdigen wüssten. Für einen Lehrer war er zu unselbstständig und fragte sogar Marius, was er ihm für die nächste politische Wahl raten würde. Mit jedem Neuankömmling versuchte er sich als der nette Nachbar von nebenan zu präsentieren, dabei verfolgte er knallhart eigene Interessen. Dies hat Marius schon am zweiten Tag gemerkt und nahm dann Abstand zu ihm.-

Richard

Richard war ein gutaussehender Außendienstler einer Versicherungsgesellschaft, der unter einem Burnout litt. Er war sehr freundlich und entsprach dem Bild eines sehr gut erzogenen kultivierten Mannes. Er ging sehr oft abends aus, in ein Kasino oder zum Theater. Er hat sich bei vielen der Patienten beliebt gemacht. Er konnte gut zuhören. Er sprach war sehr oft und sehr gern über Fußball. Er fuhr einen Sportwagen. Bei genauer Beobachtung konnte man merken, dass er durch das Verhalten eines Vertriebsbeauftragten geprägt war. Darius sprach mit ihm drei oder viermal. Er gehörte zu den vernünftigsten von allen Patienten.

-Sven

Sven war Ende 40, Anfang 50, laut eigener Aussage war er früher Ausbilder bei der Bundeswehr und so verhielt er sich. Er hatte sich selbstständig gemacht und verkörperte den rechtsradikalen Konservativen mit einem Glatzkopf, der ihm das Erscheinen eines knallharten Mannes verleihen sollte, so wollte er zeigen, dass er der härtere Mensch sei. Während der Gruppenarbeiten versuchte er stets seinen Wunsch zum Ausdruck zu bringen, zu erfahren, wie er auf Dritte wirken würde. Er fuhr einen roten Sportwagen. Marius hat mit dem Mann nie ein Wort gesprochen, beobachte jedoch genau sein Verhalten. Er war eng befreundet mit Dirk, denn sie waren sich geistig sehr nah.

-Siegfried

Siegfried war ein Herr von Ende 40, Anfang 50, groß gewachsen. Ein typischer Manager aus Hamburg, der jedoch in seiner Firma entsorgt worden war. Das hatte bei ihm Burnout und Depressionen ausgelöst. Er war sehr freundlich, sehr ruhig und sehr nachdenklich und versuchte stets die Zeit produktiv zu gestalten. Marius hat mit ihm lediglich zwei bis dreimal gesprochen.

-Klaus

Klaus war ein älterer Herr aus dem Süden, der gerade 63 Jahre alt geworden war, sehr belesen und um die ganze Welt gereist, er gehörte zu den sogenannten Kulturreisenden. Sein Wissen war sehr breit und er kam sehr gut mit Marius zurecht. Sie haben sehr oft miteinander gesprochen. Klaus mochte Marius gern und sie gingen sehr oft miteinander spazieren und sprachen über die Probleme, die sie hatten. Klaus war in eine plötzliche Depression gefallen, laut seiner eigenen Aussage ohne Vorankündigungen. Was ihn sehr stark beschäftigte und verunsicherte. Deswegen versuchte er auch bei Marius zu erfahren, ob er auch solche Angstzustände hätte. Marius mochte Klaus sehr gern, denn er war einer der wenigen die eine gewisse Kultur mitgebracht haben. Klaus hatte außerdem bestimmte private Probleme, die er zu lösen versuchte.

-Fritz

Fritz war ein gut gelaunter 60-jähriger, der aus dem früheren Preußen stammte und der sehr unter der verlorenen Heimat litt. Er hat im Norden gewohnt, hatte jedoch auch ein Haus im Süden. Er war sehr freundlich und verstand sich gut mit Marius. Er hatte Probleme in der Motorik, da er nicht sehr weit zu Fuß gehen konnte. Fritz war auch lustig und stets zu guten Witzen aufgelegt, was seine Beliebtheit bei den Frauen sehr hoch hat steigen lassen.

Der Mikrokosmos der Narren

Es war für Marius sehr lehrreich, diesen Mikrokosmos genau zu beobachten und zu erkennen, dass neben einer

Diktatur der Gutmenschen auch eine Diktatur der Dummen vorhanden war und dass die intelligente Narren in diesen Gruppen stets in der Minderheit waren und schon gar nicht gut gelitten, denn sie haben anders geredet als die kleinen, engstirnigen Ich- Bezogenen Narzissten.

Es war für Marius auch sehr lehrreich zu erfahren, dass die im Ausland herrschenden negativen Vorurteile über die deutsche Bevölkerung in sehr vielen Gesichtspunkten auf einer gewissen objektiven Beobachtung beruhen. Denn die Vorurteile waren nicht alle aus der Luft gegriffen. Marius hatte innere Konflikte, um gegen diese Vorurteile zu kämpfen, sah er diese doch durch das Verhalten dieses Mikrokosmos jeden Tag bestätigt.

Marius war äußerst verwundert darüber, wie schnell Rassismus, eher sogar der Nazismus in der Breite der sogenannten Mittelschicht ihren Niederschlag gefunden hatte. Es war für ihn unverständlich, wie schnell ca. 70 Jahre nach Ende des Dritten Reichs die typischen Eigenschaften, Überzeugungen und das Verhalten sich breit gemacht haben. Es war für Marius sehr lehrreich zu beobachten, wie diese Menschen sich gegenüber den anderen verhielten, wie falsch freundlich sie gegenüber den einzelnen waren und wie sie sich verhalten haben, nachdem der Betroffene den Rücken gedreht hat. Es war sehr lehrreich zu beobachten, wie typische Berufsvorurteile in der Realität doch mindestens 1% Wahrheitsgehalt haben.

Es war für Marius auch sehr lehrreich zu beobachten, wie diese Gruppe, die aus allen Schichten der Gesellschaft kamen, unterschieden hat zwischen den Urdeutschen und Deutschen mit Migrationshintergrund. Es war sehr lehrreich für ihn zu beobachten, wie diese Narren sich gegenüber Mitarbeitern der Kantine, die zum größten Teil aus Polen stammten, verhielten. Es war für Marius sehr lehrreich zu beobachten, wie ein großer Teil dieser Narren sich gegenüber den Reinigungsfrauen verhielt, die auch zum Teilen aus Polen stammten und der Sprache nicht mächtig waren.

Es war für Marius auch sehr lehrreich, wie diese Gruppe mit all ihren verschiedenen Krankheiten überhaupt von 5-10 Betreuern betreut werden konnten. Es war für ihn sehr lehrreich zu beobachten, dass die Gruppe zu heterogen sein könnte um eine gemeinsame Therapie machen zu können.

Er fragte sich, ob dies ein Konzept für den Patienten darstellte oder ein Konzept für die Klinik, die sich in privater Hand befindet und die angewiesen ist auf ein auf einen gewissen wirtschaftlichen Erfolg.

Die Betreuer selbst waren von der Persönlichkeit, Einstellung zum Beruf und Einstellung gegenüber den Patienten häufig sehr oberflächlich und grundverschieden in der Bewertung des Patienten und seines Gesundheitszustands.

Es gab aber unter den Narren einen kleinen Teil, der sozial geistig und kulturell zusammengepasst hat.

Das waren aber maximal 2-3 und sie wurden von dem Rest der Narren mit Argwohn beobachtet. Marius ist der festen Überzeugung, dass diese Narren teilweise von den restlichen Narren sogar gehasst waren.

10. Die Abläufe

Die Abläufe waren so dass von Montag bis Freitag Frühstück von 8:00 Uhr bis 9:00 Uhr war. Das Mittagessen war von 12:00 Uhr bis 13:00 Uhr, das Abendessen war von 18:00 Uhr bis 19:00 Uhr. Danach hatten die Narren frei bzw. konnten ihren Abend frei gestalten. Dies hatte zur Folge, dass sehr viele Narren in nahegelegene Kinos, Tanzlokale, Theater gingen, was wiederum für die Therapie sehr oft schädlich war.

Ab 9:00 Uhr fanden dann Sport, die Arbeitsgruppen, Gruppen- oder die Einzeltherapien statt. Diese Therapien liefen meistens 40 Minuten und mussten jeweils von den einzelnen Therapeuten schriftlich bestätigt werden.

Am Nachmittag fanden die aktiven Programme meistens ab 13:00 Uhr statt und gingen sehr oft bis knapp vor 16:30 Uhr.

In diesen Zeiten lag auch die Sprechstunde für die Internisten, für die Massagen oder für sonstige ärztliche Gespräche.

Ein Feedback hinsichtlich der Qualität der geleisteten Arbeit wurde seitens der Betreuer stets vermieden, bis auf wenige Ausnahmen, und somit wurde es Prinzip, dass die Herrgötter in Weiß ihre Therapie nicht anpassen konnten oder wollten, bis auf wenige Ausnahmen.

Ein wichtiger Teil des Tagesablaufes war die Verpflegung in der Kantine, denn dort trafen sich die meisten der Patienten und konnten sich nun wieder untereinander austauschen

11. Die Einzelgespräche mit den Betreuern

Die Einzelgespräche mit den Betreuern fanden jeweils mit 40 Minuten maximal zweimal in der Woche statt, sie wurden von dem Betreuer festgelegt und die Patienten wurden zum Gespräch abgeholt. Das größte Problem dieser Einzelgespräche war, dass die meisten Betreuer sich auf das Fragen beschränkt haben. Sie haben nicht über die jeweiligen Probleme der einzelnen diskutiert.

Ein weiteres Problem hat sich nach Meinung von Marius aufgetan, dass die Betreuer, gefangenen in ihren Verfahren und Vorgaben, vergessen hatten den Patienten genau zuzuhören. Für die Patienten ist das keine Entlastung, wenn über 40 Minuten gefragt wird wie der Vater zu der Mutter war oder wie die Kindheit verlaufen ist und welche abnormen Verhaltensweisen sich aus der Kindheit herleiten lassen.

Was bringt es jemandem, der stets mit Schmerzen lebt, eine Psychoanalyse zu erhalten, ohne dann die notwendigen Hilfen angeboten zu bekommen. Dies war bei vielen der Patienten Grundlage von Diskussionen während der Mahlzeiten.

Es grenzt an Betrug, wenn man die Patienten in den Einzelgesprächen auf ein nächstes Mal vertröstet, oder wenn man während der sogenannten Arbeitsgruppen-Sitzungen bei den Patienten die Illusion nährt, dass sie beim Verlassen der Klinik zu 100 % wieder hergestellt sein werden. Es geht nicht darum die Betreuer zu disqualifizieren es geht vielmehr darum, dass die Betreuer nur die in der Theorie gelernten Methoden und Verfahren zu 100 % anwenden ohne sich realistisch mit den Patienten zu befassen. Es geht auch darum, dass während dieser Sitzungen unbedingt die Probleme einzelnen benannt und mit dem Patienten besprochen werden, sodass der Patient dies auch verstehen kann.

Es geht vor allem auch darum, dass diese kostbare Zeit von Patienten und Betreuern so genutzt wird, dass schlicht einfach das Wohl des Patienten an der höchsten Stelle steht. Es geht darum, dass gegebenenfalls je nach Grad des Leidens des Patienten die Anzahl dieser Einzelstunden zu Lasten anderer Betätigungen erhöht wird.

Für Marius waren mit wenigen Ausnahmen diese Einzelgespräche mit dem Betreuer nicht gewinnbringend. Im Gegenteil wurde ihm die Stunde mit dem jüngeren Betreuer erheblich zur Qual. Denn Marius hatte direkt gemerkt, dass dieser junge Betreuer schlicht von den Voraussetzungen eines Psychologen nichts aber auch nichts mitbringt und vor allem die angemessene Einstellung dieses Betreuers zu seiner wichtigen Arbeit und zu den Patienten kaum vorhanden war. Das Bewusstsein, dass der Patient ein Mensch ist, schien bei vielen dieser Betreuer nicht vorhanden zu sein. Selbst wenn diese Kritik sehr hart ist, und auch wenn der Markt für Psychologen leer ist, dürfte deren Auswahl nicht zu einem Abstrich bei der Qualität führen. Und wenn gute Betreuer und gute Psychotherapeuten Geld kosten, dann müssen auch die entstehenden Kosten in Rechnung gestellt werden.

12. Die Arbeitsgruppen

Die Arbeitsgruppen bildeten laut Werbung der Klinik einen wesentlichen Bestandteil in der Therapie und Heilung der Patienten.

Es war jedoch erstaunlich, dass innerhalb dieser Gesprächsgruppen über Probleme gesprochen wurde, die so unterschiedlich waren - seien es Schmerzen, Beziehungsprobleme, berufliche Probleme, Uberbearbeitung, sei es Depression, Verhaltenstörungen – wie die Gruppenzusammensetzung war hinsichtlich der Persönlichkeiten oder des Grads der jeweiligen Probleme.

Es fragte sich, wie so eine Arbeitsgruppe zu einem Minikonsens kommen sollte, wenn die Ziele, die Wünsche, Ausganglagen und die Hoffnungen der Teilnehmer so unterschiedlich waren.

In diesen Arbeitsgruppen gab es immer eine Minderheit, die das Bedürfnis hatte, sehr lang und sehr ausführlich und sehr ausschweifend über sich selber und ihre Problem zu reden, sodass sich innerhalb der knapp 40 Minuten kaum jemand anderes zu Wort melden konnte.

Ein krasses Beispiel stellte der schon genannte Lehrer dar, der sich zwar selbst über diesen Zustand beschwerte und dennoch für sich das Recht in Anspruch nahm, zwei Sitzungen lang über das angebliche Problem in seinem beruflichen Umfeld zu reden. Dieser narzisstisch orientierte Narr hat sehr viele der Teilnehmer so angewidert, dass sie beschlossen irgendetwas zu machen, um in dieser Gruppe gar nicht präsent zu sein.

Marius beschloss für sich selbst, alle diese Arbeitsgruppen nach Möglichkeit zu meiden und sich mit Sport oder Spazierengehen zu beschäftigen anstatt sich über das unangebrachte Verhalten von manchen Narzisten zu ärgern.

In diesen Arbeitsgruppen versuchten die sogenannten Betreuer manchen der Patienten so herauszufordern damit sie sich beteiligten, dass diese anschließend in Tränen ausbrachen. Ob dies die richtige Methode ist, ist mehr als fraglich.

In diesen Gruppenarbeiten gab es auch eine gemischte Sitzung mit dem Ziel, Frauen- und Männer spezifische Probleme anzusprechen. Bei den Sitzungen an denen Marius teilnahm, hat sich kaum einer der Teilnehmer dazu geäussert. Insoweit waren diese Sitzungen für die Männer eine zusätzliche Belastung.

13. Die sportlichen Aktivitäten

Bei den sportlichen Aktivitäten waren bis auf wenige Ausnahmen die Betreuer nicht bemüht das Wohl der Patienten zu fördern. Viele von diesen Sportlehrern mögen für gesunde Leute sehr effektiv und sehr gut sein, sie waren jedoch für Kranke mit körperlichen oder psychosomatischen Beschwerden sehr oft die falschen Betreuer.

Diese Betreuer hörten auch nicht zu, was die Patienten sagten. Dies musste Marius bei seiner Betreuerin feststellen. Demgegenüber war ihr männlicher Kollege sehr aufmerksam auf den Gesundheitszustand des schwächsten in der Gruppe. Dieses Feingefühl und feine Erfassungsgabe schienen dem Großteil dieser Betreuer nicht klar genug vermittelt worden zu sein.

Es verstärkte sich jedoch der Eindruck, dass viele dieser Betreuer nicht direkt von der Klinik angestellt, sondern als Freelancer tätig waren, die ein gewisses Kontingent hatten und die schlicht einfach von den Ärzten nicht sehr genau geprüft wurden. Ein Waldlauf ist für ältere Leute eine Höchstbelastung, das Tempo war jedoch nicht auf die vielen älteren Patienten abgestimmt. Der Intensivsport in der Halle, die immerhin für Höchstsportler vorgesehen war, kann per Prinzip nicht gut für Patienten sein, die sich wenig bewegen und die nicht vorbereitet sind und einen langsamen Aufbau der körperlichen Aktivitäten benötigen. Dies musste aber auch Marius erfahren, sodass er jeglichen intensiven körperlichen Aktivitäten fernblieb und lediglich die leichteren körperlichen Aktivitäten mitmachte.

14. Die Künsterischen Sitzungen

Die Teilnahme an den künstlerischen Sitzungen war für Marius äußerst unangenehm, denn er hatte von Anfang an erklärt, dass Malen für ihn eine Belastung sei. Auf diesen Einwand hat jedoch die Betreuerin keine Rücksicht genommen und versuchte anhand seiner Malerei und sein Gekritzel irgendeine Deutung seines Gefühlslebens herbei zu reden. Marius stellte nicht infrage, dass durch künstlerische Tätigkeit wie Malen und Zeichen durchaus die Gefühle und das Befinden eines Menschen darzustellen sind.

Jedoch stellte die Anforderung zum künstlerischen Ausdruck seines eigenen Zustands psychologische Hürden für jeden der Teilnehmer dar. Vor allem die Interpretationen des Bildes durch die anderen Patienten des Kurses stellte für viele der Patienten eine emotionale Belastung dar.

Über diese Problematik schienen sich jedoch Psychotherapeuten und Psychologen nicht ausgetauscht zu haben. Marius hat während dieses Aufenthaltes stereotyp ein bestimmtes Bild abgegeben, um jegliche Diskussionen zu vermeiden.

15. Die Verpflegung

Was die Verpflegung anging, so hatte Marius erhebliche Probleme, denn sowohl die Qualität der Verpflegung als auch die Einstellung der Köche zu gewissen Krankheiten oder Allergien bei den Narren war erheblich verbesserungswürdig.

Beim Mittagessen wurde keine Rücksicht darauf genommen, dass das Durchschnittsalter der Patienten schon höher war, das Essen war sehr fett und richtete sich nach geltendem Geschmack und nicht nach den Gesundheitskriterien. Hauptsache Butter und Käse.

Die Abendessen waren katastrophal, denn es gab nur Butterbrot mit Wurst und Käse und etwas Obst.

Marius hatte es sich zur Regel gemacht während dieser 21 Tage am Abend nur Obst zu essen, denn es war kaum möglich etwas Vernünftiges zu erhalten.

Während einer hitzigen Diskussion unter den Narren bei einem Mittagessen wurde bekannt, dass lediglich 8-10 Euro pro Tag für die Verpflegung der Narren geplant war bzw. aufgewendet wurden.

Selbst der Kaffee war trotz neuer Kaffeeautomaten qualitätsmäßig nicht einer namhaften Klinik würdig.

Manche der Narren fanden das Essen gut, denn sie waren gewohnt in der Kantine ihres Arbeitsplatzes noch schlechteres Essen zu bekommen.

 Es gab aber auch Gourmets, die abends nicht mehr in der Klinik aßen und in Restaurants in der Stadt gingen.

16. Die Tage

Die Wochentage glichen sich, bis auf die Ausnahmen wo Marius die Einzelgesprächstherapie erhielt.

Eine andere Ausnahme bildete der Spaziergang in die Natur mit gleichgesinnten Patienten, mit denen er über Gesellschaftsprobleme oder sonstige Probleme reden konnte.

Es war sehr deprimierend zu sehen, dass 95 % der Patienten mit einem Tunnelblick konzentriert auf sie selbst waren und jede Stimmung und ihren Körper beobachteten.

Wenn Diskussionen und Auseinandersetzung stattfanden, konnte man erkennen, wie labil die Stimmung war.

Ob sie sich über belanglose Themen unterhielten wie über Fußball, das Auto, das sie fuhren, oder über ihre gesellschaftliche Stellung, ob sie perfekt sind oder nicht und wie ihre Auftritte auf andere wirken würden.

Für Marius war es lehrreich zu beobachten, wie das echte negative Verhalten bei bestimmten Berufen wie Lehrer, Juristen, Beamten zum Ausdruck kamen.

Ein weiteres beliebtes Diskussionsthema war die ausführliche Kritik über die Unfähigkeiten ihrer eigenen Vorgesetzten. Bei wenigen, vor allem bei Frauen, war auch die Kritik über ihre Ehepartner im Vordergrund, und zwar durch alle gesellschaftlichen Bereiche hindurch.

Marius, der sich an diesen Diskussionen nie beteiligt hat und der nur von weitem beobachtete, fragte sich welche Gemeinsamkeiten ihn mit diesem Volk verbinden würden.

Für alle diese Narren galt ausschließlich ihr Ich, und noch mal ihr Ich. Dies zeigte Marius, dass selbst bei diesen Beschädigten des Systems das Ego maßgeblich noch ist.

Es war frustrierend für Marius zu sehen, dass selbst bei diesen Narren sehr oft über ihre körperlichen Eigenschaften (Groß, dünn oder dick, schöne Haare oder nicht) gesprochen wurde, oder über den Urlaub, über das Wetter, das sich bitteschön nur mit Sonnenschein zu präsentieren hätte. Mit anderen Worten: alle Negativvorurteile wurden bestätigt.

Bei Regen könnte man ja nicht ausgehen und man würde noch zusätzliche Neurosen bekommen. Ob es für die Natur Mangel an Wasser gibt es oder nicht, dies war zweitrangig.

17. Die Wochenenden

Die Wochenenden waren für Marius besonders schwer zu ertragen, denn häufig fuhren die Narren am Freitagnachmittag nach Hause und der Rest der Narren hatte sich in verschiedene kleinere Gruppen aufgeteilt und unternahm Ausflüge oder sonstige Aktivitäten.

Bis auf einen Notarzt war niemand sonst in der Klinik, sodass weder Betreuer noch Chefärzte geschweige Verwaltungsmitarbeiter erreichbar waren.

Wenn einer der Narren krank wurde, so musste er sich auf eigene Kosten zu den Krankenhäusern begeben oder besser zu den Notärzten.

Am Wochenende wurde auch die Verpflegung noch erheblich schlechter als während der Woche, sodass die Narren oft den Weg zu anderen Restaurants wählten als dort zu essen.

Für Marius war das Wochenende insoweit wichtig als er versuchte, die Bilanz der jeweiligen Woche aufzustellen, um seinen physischen Erholungsfortschritt zu erkennen und vor allem die restliche Zeit zu planen.

18. Das Abschlussgespräch

Am vorletzten Tag des Aufenthaltes musste Marius ein sogenanntes Abschlussgespräch mit seiner Betreuerin und dem Chefarzt durchführen. Zwei Tage davor erhielt er einen Fragebogen mit mehreren Seiten, den er auszufüllen hätte. Marius tat das nach bestem Wissen und Glauben.

Der Betreuer machte mit ihm einen Waldspaziergang und versuchte, durch direkte oder indirekte Fragen zum stets gleichen Problembereich zu prüfen, ob Marius die Wahrheit sagte oder nicht.

Und vor allem versuchte er herauszufinden, ob Marius irgendwie mit Depressionen oder sonstigen psychischen Krankheiten belastet war.

Das Ergebnis war so, dass in diesem Bezug Marius völlig gesund und lediglich erschöpft und müde war. Das Abschlussgespräch war auf alle möglichen Themen ausgerichtet, und dies kam Marius sehr weit entgegen, denn er wollte nicht über Kleinigkeiten reden.

Während dieses Spaziergangs gewann Marius den Eindruck, dass letztendlich die in dieser Klinik angewandten psychologischen oder psychosomatischen Methoden sehr leicht zu durchschauen und in ihren Strukturen sehr einfach waren. Insoweit war das Gespräch für ihn keine besondere Hürde.

Kritische Reflexion über die Therapien, über die Struktur, über die Abläufe in der Klinik ließ der Betreuer nicht zu.

Dies frustrierte Marius in erheblichem Maß, denn er hatte an der Klinik erhebliche Kritik anzubringen.

Als er merkte, dass dies nicht gewollt war, hat Marius beschlossen, dass er diese 21 Tage zu Papier bringen würde, damit die zukünftigen Betroffenen von Anfang an und bevor sie sich zu Kliniken begeben darüber im Klaren sind wohin sie sich begeben.

19. Beobachtungen zum Mikrokosmos

Der Aufenthalt in dieser Klinik war sehr lehrreich für Marius, denn er sah, wie die Masken von vielen Patienten abgelegt wurden und wie sie wirklich in ihrem Innersten sind.

Das Phänomen, dass man in dieser Umgebung anderen Menschen keinen Respekt entgegenbringt und man sich nur noch schlampig benimmt, war für ihn eine neue Erfahrung.

Die Diskussionen der Patienten untereinander waren ernüchternd, insoweit als das Bild des kleinen Mannes und das Bild der Mittelschicht zurechtgerückt worden sind und ihm aufgezeigt wurde, welche Symptome die deutsche Gesellschaft aufzeigt. Als Mitglied dieser Gesellschaft tat diese Erkenntnis Marius sehr weh.

Er musste jedoch merken, dass der Verfall sehr weit fortgeschritten ist, mehr als er erwartet hatte, und dies trotz der Erkenntnis, dass die Geschichte sich nicht wiederholt, obwohl eine gewisse Gefahr durchaus vorhanden war.

Insbesondere Dummheit, Arroganz, Unkenntnis der Geschichte waren selbst in diesem kleinen Mikrokosmos vorhanden, der mit erheblichen Problemen belastet war. Die Erkrankungen wurden als Entschuldigung für die menschlichen Unzulänglichkeiten genutzt.

20. Der Rassismus

Marius hat es nicht für möglich gehalten, dass Rassismus und Antisemitismus gerade in der sogenannten Mittelschicht so ausgeprägt waren und schnell zugenommen hatten.

Der Rassismus manifestierte sich gerade in dieser akademischen oder quasi akademischen Schicht entweder durch verbale Kommunikation oder nonverbale Kommunikation und Gestik.

Alle von Geburt her Nichtdeutschen wurden mehr oder weniger ausgegrenzt.

Zwei jüdische Patienten, die dort waren, wurden regelrecht ausgegrenzt, denn wenn sie sich an einen Tisch setzten standen die anderen Patienten auf und setzten sich woanders hin.

Der Rassismus, den Marius spürte, äußerte sich darin, dass den Menschen mit Migrationshintergrund deutlich gemacht wurde, dass die Deutschen von Geburt her das Sagen hatten, da sie ja zu Hause waren, und die anderen waren de facto geduldete Gäste.

Unhöfliches Verhalten, wie dass man das Salz vor der Nase wegschnappte oder die Kaffeetassen wegnahm obwohl andere Kaffeetassen auf den Tisch vorhanden waren, und insbesondere manche Sprüche hinsichtlich der angeblichen Zerstörung der deutschen Seele durch die Zionisten löste bei Marius regelrecht Panik aus.

Denn wenn eine Lehrerin in einem Alter von ca. 35 Jahren sich darüber beschwerte, dass die Juden und der Zionismus den Deutschen derart einen auf den Deckel gegeben hätten, dass die deutsche Seele zerstört worden ist, so muss man fragen, ob diese Lehrerin überhaupt an Schulen unterrichten darf.

Der oben beschriebene Lehrer bzw. Führungskraft in einer Schule in Köln muss sich den Vorwurf gefallen lassen, dass er als verkappter Nazi mit einer charmanten Seite und einer widerlichen Seite zum Ausdruck brachte, dass die deutsche Rasse trotz Kriegsverlusts immer noch weltweit in Führung sei.

Als Marius dies alles erfahren hatte fragte er sich, was er mit diesem Volk noch gemeinsam hat. Er hat 60 Jahre lang gekämpft gegen die im Ausland vorherrschenden negativen Vorurteile gegenüber Deutschland, da er nie glauben wollte, dass sowas noch möglich sein könnte.

Während seines Aufenthalts wurden ihm die Augen plötzlich wieder geöffnet und er sah und spürte am eigenen Leib, was es bedeutet, ein Deutscher mit Migrationshintergrund zu sein.

Für Marius war es äußerst traurig zu bemerken, dass letztendlich diese junge Gesellschaft d. h. ab 20 bis Anfang der 50 nichts aber auch nichts gelernt hat aus den Lehren des Naziregimes.

Anlässlich einer Diskussion während eines Spaziergangs von Marius mit den drei anderen kritischen Denkern wurde ihm deutlich, wie tief der Rassismus in der Gesellschaft liegt und lediglich aus opportunistischen Gründen eine Zeit lang unter den Teppich gekehrt worden war.

Nach dem Motto: hier sind wir wer und wir können uns erlauben, dies zum Ausdruck zu bringen.

Zudem musste er feststellen, dass ein Teil dieser Gutmenschen verkappte Nazis waren und nach dem Motto agierten: es muss doch erlaubt sein, öffentlich seine Meinung zum Besten zu geben, oder „es war doch gut gemeint."

Marius war verunsichert über das Ausmaß der Überzeugung eines großen Teils der Deutschen ,dass Deutschland allein alles schaffen könnte ohne Rücksicht auf seine Nachbarn, denn Deutschland würde sowieso die besten Produkte weltweit produzieren und zudem würde Deutschland Europa und die Welt finanzieren.

Dass so viel Dummheit und Arroganz noch in Deutschland möglich ist, hatte Marius sich nie vorstellen können.

21. Der Abschlussbericht

Marius erhielt nach ein paar Tagen einen Abschlussbericht der Betreuerin und der Ärzte und er war außer sich zu lesen, dass man sich bei der Beschreibung seiner beruflichen Tätigkeit nicht einmal die Mühe gemacht hatte zu verstehen, was er tatsächlich arbeitete.

Zudem war der Bericht quasi in einer chinesischen Sprache geschrieben, beschämend für einen Bereich wie die Psychologie, die Transparenz und Akzeptanz durch die Patienten benötigt. Die verwendeten Fachtermini sowie der Satzbau und der Stil waren außerordentlich schlecht. Würde der Bericht von einem Deutschlehrer zensiert, so würde er nicht über die Note sechs hinauskommen. Es ist unverständlich, dass das Medizinstudium nicht vorsieht, dass Gutachten sowie ärztliche Berichte in einer Sprache geschrieben werden, dass Patienten oder Angehörige in der Lage sind, dies auch so verstehen. Dass die Ärzte glauben, nur für Kollegen schreiben zu müssen, ist unverantwortlich. Denn dadurch entsteht eine Abhängigkeit der Patienten in nicht mehr zu verantwortendem Maß.

Daher hat Marius bei seinem Betreuer darum gebeten, dass ein neuer Abschlussbericht erstellt wird, der von ihm als Akademiker verstanden werden kann.

Aus dieser Erfahrung ist an allen Patienten zu empfehlen, darauf zu bestehen, dass die Berichte, die für Ärzte vorgesehen sind so umgeschrieben werden, dass die Patienten diese auch lesen und verstehen können. Denn letztendlich ist der Patient der Vertragspartner und nicht der Kollege Arzt.

22. Der Patient im Würgegriff der Götter in Weiss

Eine weitere wichtigere Erkenntnis war für Marius, dass der Patient regelrecht im Würgegriff der Ärzte oder der sogenannten Psychologen ist. Auch wenn das schmerzhaft zu erkennen ist, es spiegelt leider die Realität wider.

Der Patient ist im Würgegriff dieser Berufsgruppe, weil diese durch die verfehlte Gesundeheitspolitik insbesondere von CDU/CSU, SPD, FDP in den letzten Jahren ihre direkte Einwirkung auf die sogenannte Selbstverwaltung abgegeben hat, bei der die Interessen des Patienten ausser in Sonntagsreden nicht vertreten werden.

Es ist daher vonnöten, dass er die 5 Minuten bevor er sein Kreuz am Wahltag auf den Wahlschein macht sich ganz genau überlegt was er wählt.

Zugestehen muss man jedoch den Göttern in weiß die Ökonomisierung des Gesundheitssystems. Die Rolle des Patienten ist reduziert worden auf den Umsatzbringer. Um dies zu ändern, muss jedoch der Patient sich darüber bewusst sein, dass er die Strukturen des Staates und der Exekutive ändern bzw. die politischen Eliten in Unsicherheit über seine Wahlentscheidung lassen muss, die allein und einzig von den Leistungen abhängt, die diese Eliten erbringen.

Es herrscht immer noch eine Philosophie des Neoliberalismus, der immer glauben machen will, dass im Gesundheitswesen und vor allem im Bereich der psychologischen, psychosomatischen, psychiatrischen Krankheiten noch sehr viel Geld zu verdienen ist. Dass dieser Ansatz falsch ist, zeigt sich spätestens an den *zunehmenden psychosomatischen, psychologischen und psychiatrischen Krankheiten dieser Gesellschaft.*

In diesem Bezug fehlt jedoch das Verursacherprinzip. Man sollte grundsätzlich die Frage stellen, wer diese Krankheiten verursacht. Für Marius stellt sich das Wirtschaftssystem als Hauptverursacher dieser Art der Krankheiten dar.

Trotz dieser Ökonomisierung müssen die Ärzte immer an den Eid des Hippokrates erinnert werden, denn sie haben mit Menschen zu tun und in diesem Bereich ist die Seele dieses Menschen entweder krank, verletzt oder entwürdigt. Die Seele eines Menschen ist jedoch nicht sichtbar, sie kann lediglich mit psychologischen Werkzeugen geheilt werden. Ob dies stimmt oder nicht, liegt letztendlich an der Bereitschaft dieser Ärzte mehr zu tun als sie tun.

23. Die Bilanz

Die Bilanz dieser 21 Tage zu ziehen war für Marius wichtig, der dabei auch die Zwischenbilanz seines Lebens durchgeführt hat.

Er glaubte und glaubt immer noch fest daran, dass das Land die Lehre aus der Geschichte gezogen hat und dass die Aufklärung über den Rassismus eine heilende Wirkung auf die jetzige Generation in Deutschland hatte. Anscheinend hat er sich in diesem Bezug teilweise verrechnet, denn nach seiner Beobachtung sind Rassismus, Antisemitismus und Faschismus wieder en vogue. Anscheinend haben die Nachkriegsgenerationen bis auf die junge Generation bis Anfang der 30 nichts aber auch nichts gelernt aus der Geschichte.

Die Bilanz dieser 21 Tage in einer Klinik voller Narren hat Marius die Augen geöffnet über einen Teil des Gesundheitswesens in Deutschland, der mit erheblichen Mängeln und Problemen behaftet ist. Vor allem hat diese Erfahrung ihm das psychologische Elend dieses Wirtschaftssystems gezeigt und dass deren Profiteure wie insbesondere die Investoren in psychosomatischen und psychologischen Kliniken den Patienten missbrauchen.

Die Bilanz ist, dass viele dieser Patienten der festen Überzeugung waren, dass sie nach einem sechs- bis achtwöchigen Aufenthalt wieder die alten werden können.

Die Erkenntnis, dass sie vielleicht nur einen Teil ihrer verlorenen Kraft wiedererlangen werden, wurde ihnen nicht beigebracht. Und vor allem wurde ihnen nicht beigebracht, welches Fehlverhalten dazu geführt hat, dass sie in eine solche Situation gelangt sind.

Diese Bilanz zeigte aber auch, dass unverantwortliche Therapeuten ohne ein kritisches Hinterfragen und ohne die Patienten jemals gesehen zu haben sich an sogenannten psychologischen oder psychiatrischen Gutachten beteiligen, die lediglich auf Aktenlage basieren.

Dies wird den Zustand der Patienten nicht verbessern und die Werbung, dass die Patienten zu 100% wiederhergestellt werden, stellt einen Betrug dar, denn sie erwecken den Eindruck, dass die Narben in der Seele eines Menschen zu 100% verschwinden können.

Insoweit weckt diese Art von Werbung und das unverantwortliche Verhalten von manchen Gutachtern den Eindruck, dass es letztendlich nicht darum geht, dem Patienten zu helfen, sondern einem ganzen Industriezweig. Dies ist umso betrüblicher und verwerflicher, denn hier wird mit der Hoffnungslosigkeit mancher Patienten gespielt.

Die Bilanz zeigt aber auch, wie wenig Rechte eigentlich der Bürger gegen ein derartiges System hat.

Das System lässt die Patienten stets im Glauben, alles zu wissen alles zu können, sodass der Einzelne seine Rechte nicht mehr wahrzunehmen braucht.

24. Die Rückreise

Am 21. Tag fuhr Marius wieder nach Hause, in dem Glauben, dass diese 21 Tage nicht umsonst waren und er war gespannt auf den Bericht, den er nach ein paar Tagen erhielt. Angekommen zu Hause stellte sich Marius unter die Dusche, um alle negativen Gedanken abzuwaschen. Es war für ihn eine Freude, seine Frau zu sehen, seinen Garten wieder zu entdecken und vor allem seinen kleinen Wohnort. Es war für ihn eine Freude, wieder ein vernünftiges Abendessen zu erhalten und schlicht einfach zu Hause zu sein

25. Moral der Geschichte

Als Moral der Geschichte ist festzuhalten, dass selbst bei den durch das wirtschaftliche, politische und gesellschaftliche System angeschlagenen Bevölkerungsteilen der Reparaturbetrieb einer Klinik so konzipiert ist, dass er nicht Hilfe für den Patienten als Ziel hat, sondern lediglich darauf ausgerichtet ist Geld zu verdienen.

Der Patient wird dort für eine Zeit ruhiggestellt, ohne dass jedoch tiefgreifende Probleme - seien sie physischer oder psychischer Art –nachhaltig gelöst werden. Vielmehr ist der Patient nicht mehr und nicht weniger als eine Nummer unter anderen und so zielt die Klinik lediglich darauf ab, diese Patienten ohne großen Aufwand schnell durch den Aufenthalt durchzuziehen.

Als Moral der Geschichte ist aber auch festzuhalten, dass der sogenannte kleine Mann und die Mittelschicht unter dem Vorwand gesundheitlicher Probleme - seien es körperliche oder psychische - ihre realen Unzulänglichkeiten versuchen zu verschleiern. Es ist erstaunlich, dass man in diesem kleinen Mikrokosmos so viel Niederträchtigkeit erkennen kann.

26. Epilog

Der Autor hat sich diese kleine Geschichte vollständig ausgedacht. Sie beruht nicht auf realen Gegebenheiten und entstand lediglich in seiner Fantasie. Sie könnte allerdings Ähnlichkeit mit der Realität haben, sie könnte aber auch den Hilfeschrei von vielen Betroffenen zum Ausdruck bringen, die nicht in der Lage sind, darüber schreiben zu können.

Es könnte aber auch der Hilfeschrei der Ärzte hinsichtlich der Ökonomisierung des Gesundheitswesens sein, oder aber auch ein Hilfeschrei an die politische Elite und die Wirtschaftslenker gerichtet, dass diese Wirtschaftsordnung und diese politische Ordnung einen großen Teil der Gesellschaft zur Krankheit und vor allem zum Verlust von körperlichen und geistigen Fähigkeiten treibt, und dies verursacht nun einmal in der gesamtwirtschaftlichen Betrachtung einen Verlust für uns alle.

Zeitfracht Medien GmbH
Ferdinand-Jühlke-Straße 7
99095 Erfurt, Deutschland
produktsicherheit@kolibri360.de